# Yark le Beurgz

## Eric Godin

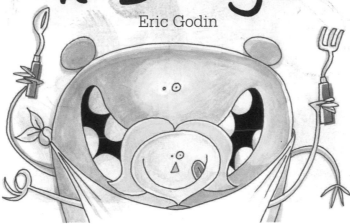

Les éditions de la courte échelle inc.
160, rue Saint-Viateur Est, bureau 404
Montréal (Québec)  H2T 1A8
www.courteechelle.com

Révision : Hélène Ricard

Dépôt légal, 2ᵉ trimestre 2013
Bibliothèque nationale du Québec

La courte échelle reconnaît l'aide financière du gouvernement du Canada
par l'entremise du Fonds du livre du Canada pour ses activités d'édition.
La courte échelle est aussi inscrite au programme de subvention globale
du Conseil des arts du Canada et reçoit l'appui du gouvernement
du Québec par l'intermédiaire de la SODEC.

La courte échelle bénéficie également du Programme de crédit d'impôt
pour l'édition de livres — Gestion SODEC — du gouvernement du Québec.

**Catalogage avant publication de Bibliothèque et Archives
nationales du Québec et Bibliothèque et Archives Canada**

Godin, Eric, 1964-
Les Beurgz
Sommaire : t. 1. Yark le Beurgz.
Pour enfants de 2 ans et plus.
ISBN  978-2-89695-485-8 (v. 1)
I. Titre.  II. Titre : Yark le Beurgz.
PS8613.O34B48 2013      jC843'.6      C2012-942448-X
PS9613.O34B48 2013

Imprimé en Chine

# Yark le Beurgz

Eric Godin

la courte échelle

*À Elise*

# Découvre les Beurgz

Au fin fond des cantons, tout près du pays voisin, se trouve le sympathique village des Beurgz. Qui sont-ils ? Les Beurgz sont de bienveillantes créatures qui accompagnent les enfants dans toutes leurs aventures, petites et grandes !

Mais attention ! Seuls les enfants peuvent voir les Beurgz (et quelques adultes au cœur d'enfant). Il y a autant de Beurgz que d'enfants au village. Et comme chaque enfant, chaque Beurgz est unique !

Olive est une petite fille très intelligente et gentille. Mais lorsque vient le temps de manger, elle est très difficile.

Elle n'aime ni le chocolat, ni les tartines à la confiture, ni la pizza, et encore moins les bananes et le beurre de cacahuète !

La maman d'Olive a beau lui préparer les mets les plus délicieux — mijotés de veau, artichauts sauce hollandaise ou asperges gratinées —, rien n'y fait. Olive préfère le fromage en tranches et le pain blanc !

Yark, le Beurgz qui accompagne Olive à table à l'heure des repas, est également très difficile. Il ne mange que les petits gâteaux, les sandwichs et les autres gâteries en pâte à modeler que lui prépare Olive.

Chaque fois que la maman d'Olive pose l'un de ses savoureux plats sur la table, Olive et Yark hurlent la même chose, en même temps : YARK !

Du bon poulet rôti : YARK ! Un plat de bonnes pâtes au fromage gratiné : YARK ! Un bol de soupe aux légumes du jardin : YARK !

Mais un jour, tout a basculé. C'est arrivé un vendredi — un petit vendredi tout gris, alors qu'Olive et Yark flânaient dans la maison.

Ils ont entendu un bruit dans la cuisine. La maman d'Olive sortait du four un plateau qui contenait une douzaine de pots de verre renfermant une drôle de mixture. C'étaient des yogourts maison. Une de ses spécialités dont elle seule connaît la recette.

La maman d'Olive a ajouté un coulis de sirop d'érable dans chacun des pots avant de les ranger au frigo. Olive et Yark le Beurgz sont peut-être difficiles, mais ils sont aussi très curieux !

Ils se sont approchés du frigo sur la pointe des pieds. Olive s'est emparée d'une cuillère et d'un petit pot pendant que Yark tenait la porte du réfrigérateur.

Olive a avalé rapidement le yogourt et a laissé Yark nettoyer le fond du pot avec sa grosse langue de Beurgz. Slurp ! Ils se sont regardés et ont hurlé en même temps : MIAM !

Ils venaient de découvrir un tout nouveau cri de ralliement : MIAM !
Depuis, la maman d'Olive entend souvent ce nouveau cri.

Olive a trouvé un nouveau nom pour son Beurgz. Dorénavant, elle l'appellera Miam le Beurgz !

# Ton Beurgz à toi !

Comment s'appelle ton Beurgz ? Qu'a-t-il d'unique ? Dessine-le.

Trace, avec un crayon ou avec ton doigt, le chemin qui mène jusqu'au petit gâteau.